모르는 척

시작시인선 0082 모르는 척(개정판)

1판 1쇄 펴낸날 2007년 1월 30일
1판 3쇄 펴낸날 2007년 6월 20일
개정판 1쇄 펴낸날 2016년 4월 28일
개정판 2쇄 펴낸날 2020년 12월 1일
지은이 길상호
펴낸이 이재무
책임편집 박찬세
디자인 이영은
펴낸곳 (주)천년의시작
등록번호 제301-2012-033호
등록일자 2006년 1월 10일
주소 (03132) 서울시 종로구 삼일대로32길 36 운현신화타워 502호
전화 02-723-8668
팩스 02-723-8630
홈페이지 www.poempoem.com
이메일 poemsijak@hanmail.net

ⓒ 길상호, 2016, printed in Seoul, Korea

ISBN 978-89-6021-266-4 04810
      978-89-6021-069-1 04810(세트)

값 10,000원

*이 책은 한국문화예술위원회가 선정한 우수문학도서로 국무총리복권위원회의 복권기금을 지
  원받았습니다.

모르는 척

길상호

천년의 시작

시인의 말

심해로 들어간 물고기는
가혹한 수압을 견디기 위해
부레 속에 기름을 채운다,
물고기의 부레를 꺼내 불붙이면
활활 세상은 밝을 것이다,
나의 시는 언제
심해에 다다를 것인가?

차 례

시인의 말

제1부

물의 집을 허물 때

몇 개 상처를 정강이에 새기며
오래오래 걸은 후에야
집 하나 겨우 얻었습니다
발바닥 굳은살 속에 동그랗게 자리 잡은
아픈 물방울의 집 한 채,
지문 환히 비치는 문을 열고
거기 뜨거운 방 안으로
물고기 한 마리 들이고 싶었습니다
상한 지느러미로 물살 가르다
금방 물 위로 떠오를 것 같은
불안한, 너의 생을 눕혀놓고서
살살 다독이고 싶었습니다
상처는 상처로 치유될 것 같아
닫힌 자물쇠 바늘로 열면
허나 주루룩 눈물 흘러내리는 집,
한순간에 꺼져버린 그 집을
오늘도 혼자 맴돌다 나왔습니다

길상號를 보았네

인터넷 화면 속 떠다니는 사진
길상號를 만났지
어느 바다에서 밀려왔는지 개펄에
닻을 내린 배 한 척
마냥 신기해서 스크랩을 해두고
보다가, 보다가, 눈물이 났지
물을 떠나서 다리 잃은 배
기우뚱, 일어서지 못했지
펄은 벗어날 수 없는 수렁이었지
바다로 이어진 물길 마르면
허연 소금 묻히고 녹슬어갈
길상號는 튜브를 몇 개 부레처럼 달고
헐떡이고 있었지
밀물이 들지 않는 모니터 속에서
힘차게 힘차게 노를 저어도
너에게는 가까이 갈 수 없었지
바다가 없어도 물고기 건져야 하는
그 밤 나는 가여운 어부가 되었지

향기로운 배꼽

흰 꽃잎 떨어진 자리
탯줄을 끊고 난 흉터가
사과에게도 있다
입으로 나무의 꼭지를 물고
숨차게 빠는 동안
반대편 배꼽은 꼭꼭 닫고
몸을 채우던 열매,
가쁜 숨도 빠져나길 길 없어
붉게 익었던 사과 한 알,
멧새들이 몰려와
부리로 톡톡 두드리다가
사과의 배꼽,
긴 인연의 끈을 물고
포로롱 날아간다.

차 한 잔

묵언黙言의 방,

수종사 차방에 앉아서

소리 없이 남한강 북한강의 결합을 바라보는 일,

차통茶桶에서 마른 찻잎 덜어낼 때

귓밥처럼 쌓여 있던 잡음도 지워가는 일,

너무 뜨겁지도 않게 너무 차갑지도 않게

숙우熟盂에 마음 식혀내는 일,

빗소리와 그 사이 떠돌던 풍경 소리도

타관茶罐 안에서 은은하게 우려내는 일,

차를 따르며 졸졸 물소리

마음의 먼지도 씻어내는 일,

깨끗하게 씻길 때까지 몇 번이고

찻물 어두운 내장 속에 흘려보내는 일,

퇴수기退水器에 찻잔을 헹구듯

입술의 헛된 말도 남은 찻물에 소독하고

다시 한 번 먼 강 바라보는 일,

나는 오늘 수종사에 앉아

침묵을 배운다

정전기처럼 너는

건조하게 맞닿은
사람들 사이에 머무는,
기류는 위험하다
그 안에서
감각 없이 부대끼는
습관은 더욱 위험하다
내복과 스웨터처럼
찰싹 달라붙어 사는 것 같지만
때로는 서로 끌어당기며
한몸인 것처럼
꾸며대지만,
손 내밀어 마음의 문
손잡이를 잡을 때
번쩍
불꽃이 튀는
우리는 그런 사이,
서로에게 젖어들지 않았으면
절대 문 열지 마라

물고기는 모두 꽃을 피운다

어두운 저수지에 가보면 안다
모든 물고기 물과 대기의 중간에
꽃 피워놓고 잠든다는 것을,
몸 덮고 있던 비늘 한 장씩 엮어
아가미 빨개지도록 생기 불어넣고
부레의 공기 한 줌씩 묶어
한 송이 꽃 물 위에 띄워올릴 때
둥근 파장이 인다
둥글게 소리 없는 폭주처럼
수면을 채우는 꽃들,
어둠은 그 향기를 맡고 날아들어
동심원의 중심에 배꼽을 맞춘다
수천 년 동안 물고기가 보낸
꽃의 신호를 들은 사람 몇 없다
안테나 같은 낚싯대 드리우고
꽃을 따고 있는 저 사내들도
물고기의 주파수 낚지 못한다
부레 속에 녹여 채워둔
물의 노래와 그 빛깔을,

더 멀리 퍼뜨리고 싶어서
오늘도 물고기는 꽃을 피운다

탁족濯足은 뜨거워라

검룡소에 발 담근다
그 순간 살갗을 스치고 지나가는
푸른 뱀의 비늘, 미끈한 감촉
섬뜩해서 물 밖으로 뛰쳐나오니
두 발이 벌겋게 화상을 입었다
가만 보니 계곡은 물이 아니라
속에 불을 품고 기어오르는
한 마리 이무기였다
천 년을 기다려야 여의주 물고
승천할 수 있다는 불완전의 생이
온몸으로 부딪히며 저 완고한
바위를 깎고 있는 것이었다
한강에서 시작된 수천 리 길,
숱한 상처들 힘이 되어
여기 와 꿈틀대는 것이리라
잠시 이무기의 몸속에 담겨 있던 말
발가락은 읽어내고 있었다
저것이 이제 걸어야 할
나의 길이 될 것임을,
끝내 검룡 되어 날지 못하더라도

푸른 비늘 하나씩 뜨며
부딪혀야 할 세월이 될 것임을

허공 지팡이

누구나 지팡이 하나 기대고 산다
가볍지만 또 무거운
무겁지만 또 가벼운
시간의 눈금 그려진 지팡이
허공 지팡이,
꼿꼿하게 서 있던 등이
지팡이 닳고 닳자
점점 굽는다
손에서 뗄 수 없는
그 지팡이로 땅 찍으며
사람들은 간다
아버지 떠나고 한 칸
아들이 죽어 또 한 칸
저 할머니의 지팡이도
많이 짧아졌다
기대고 있던 것들 모두
허공이 되어 사라지면
할머니도 결국
허공에 입 맞출 것이다

심해, 그리고 호수

　무인 잠수함이 빙점 밑으로 내려갔을 때 바다와는 또 다른 바닷물이 출렁였다 삼투압을 허용치 않는 삶과 죽음의 경계, 다른 소금의 농도를 가진 물은 섞일 수 없다고 했다 바다 속 호수는 둥글게 자신의 영역을 그어 가장자리에 조개껍질을 쌓아놓고 검푸른 혓바닥 짜디짠 죽음을 빼먹는 중이었다 해설海雪이 끊임없이 내렸지만 영혼만 녹아 호수에 닿을 뿐 눈의 껍데기도 물결에 밀려나고 있었다 생명이 온전하게 호수에 들기 위해서는 한 점의 뼈까지 다 녹여야 했다 방부제로 무장한 정신은 울고 울어도 끝내 들 수 없는 곳, 나는 다시 무인 잠수정에 몸을 묶어 바다 밖으로 나오고야 말았다

장마 속의 잠

한 바가지 남은 쌀을 쏟아놓고
쌀벌레 골라내는 어머니, 제발
저의 꿈틀대는 몸은 집어내지 마세요
시간을 까먹고 또 파먹어도
푹 꺼져버린 배를 채울 수 없어
쌀로 만든 집 필요했던 거예요
아직 날개 돋지도 않았는데
이제 겨우 단꿈 씹고 있는데
어머니 시커먼 손가락이 닿으면
서툴게 지은 집 깨지고 말아요
눅눅한 장마 지나고 나면
퇴화된 등판 날갯죽지가
삐걱삐걱 다시 움직일 것 같아요
넌 환상의 방에 누워 있는 거란다,
어머니의 말은 듣기 싫어요
깨어나 날개 없이 처박히더라도
그냥 여기서 젖은 몸을 말리게
비 내리는 세상 불러내지 마세요

風磬소리

바람이 나를 노래하네
속을 다 비우고서도
땅에 발 대고 있던 날들
얻을 수 없던
그 소리,
난간에 목을 메고서야
내 몸에서 울리네

너의 발자국엔 뿌리가 있다

달뿌리풀 걸어서 물가에 갔지
뿌리박혀 사는 풀의 종족 너도
달의 인력은 당할 수가 없어서
흙의 신발 벗고 걸음을 옮겼지
한 발자국 떼기가 무섭게
발밑에서는 또 뿌리가 내려
순간순간 멈추고도 싶었지만
밤마다 물에 아른거리는 얼굴
발자국을 엮어가면서 결국
물가에 앉아 손을 뻗었지
잡으려고 손을 내밀면
물의 파장에 흐트러지는 너,
뒤늦게 잘못된 전파를 고치려 해도
발자국의 행렬 지울 수 없었지
달뿌리풀 결국 푸른 칼날을 빼서
스스로를 베고 또 베었지
풀잎의 가장자리 붉게 물드는
그런 가을이었지

껍질의 본능

사과 껍질을, 배의 껍질을 벗기면서
그들 삶의 나사를 풀어놓는 중이라고
나는 기계적인 생각을 돌린 적 있다
속과 겉의 경계를 예리한 칼로 갈라
껍질과 알맹이를 나누려던 적이 있다
그때마다 몇 점씩 달라붙던 과일의 살점들,
한참 후 쟁반 위 벗겨놓은 껍질을 보니
붙어 있는 살점을 중심에 두고
돌돌 자신을 말아가고 있다 알맹이였던
그녀의 빈자리 끌어안고 잠든 사내처럼
버려지고도 제 본능을 감당하고 있다
이미 씨앗은 제 속을 떠났지만
과일 빛깔은 살갗에 선명하게 남았다고
그 빛깔 향기로 다 날릴 때까지
안간힘 다하고 있는 껍질들,
너무 쉽게 변색되어 갈라지던 마음을
저 껍질로 멍석말이 해놓고
흠씬 두드려 패고 나면 다시 싱싱해질까
말려진 껍질 속에 드러눕고 싶었다

저녁에 떠나는 사람

노을 밟고 어둠 속 들어서는 사람
저녁 바람은 물소리 내기 시작하지요
당신 어깨에 진원을 둔 미세한 진동이
불어 지나가는 순간,

출렁 쿨렁 출렁 쿨렁

발자국 길에 닿을 때마다
물수제비처럼 둥근 파장을 만드는
당신은 저녁에 떠나는 사람

나는 물소리를 들으며
오래도록 잠 못 들지요
가슴 한구석 허물어지는 줄도 모르고

유전 혹은 재활용

몸은 기억하지, 할아버지 주름의 행간마다 비뚤비뚤 써 놓았던 글씨들을, 문장을 완성하기 위해 마지막 머리카락 검은 잉크 뽑아내던 그 밤을, 결국 말줄임표로 줄이고 흙으로 덮어버린 유언을, 산자락에 푸른 눈망울로 남은 그의 얼굴을

나의 몸은 재활용, 어머니 뱃속 따뜻한 공장에서 꼬박 열 달 새 얼굴을 갖기 위해 양수로 씻고 또 씻고, 그래도 어쩔 수 없어 울음을 매달고 세상에 왔지, 탯줄을 잘라내고도 배꼽의 상처는 상표처럼 덜어지지 않고, 그들의 기억을 이어가야 하는 몸속에서 자음과 모음이 꿈틀거리지, 어떤 문장도 만들지 못하는 밤엔 텅 빈 캔처럼 망치를 맞기도 하지

거름이나 되자고 퇴비 속 뜨거운 방에 들어앉아도 썩지 않는 몸, 나는 또 상처의 자리마다 머리칼 하나씩 뽑아 아픈 가계도를 그리지

그림자에게도 우산을

차마 나누지 못할 이야기가 있어
그림자 하나씩을 이끌고 왔다
비 내리는 골목 술집을 찾다가 불빛 아래
출렁이고 있는 사람들
그늘진 말들만 모두 담고 있어서
바닥을 벗어날 수 없는 사람
씻어도 씻어도 어두운 사람,
술잔을 비우면서 우리들은 또
혓바닥에 쌓인 그늘을 보태놓겠지
빗방울이 지우려고 세차게 내려도
발목을 놓지 않는 그에게
살며시 우산을 씌워주었다
발목에 복사뼈를 심고 기다린
무릉도원에 닿으면 그도 일어나 걸을까
발바닥을 함께 쓰는 이곳에서는
손잡아 일으킬 수 없는 사람,
그를 위해 처음으로 내 어깨가 젖었다

제2부

어미를 먹은 기억

고구마에 싹이 돋았다
물 한 방울 없는 자루 속
썩은 내 풍기는 저 무덤 속에서
새파랗게 싹은
잘도 자랐다,
탯줄을 자르기 전
어미를 먹고 자라던 기억이
나에게도 있다

모르는 척, 아프다

술 취해 전봇대에 대고
오줌 내갈기다가 씨팔씨팔 욕이
팔랑이며 입에 달라붙을 때에도
전깃줄은 모르는 척, 아프다
꼬리 잘린 뱀처럼 참을 수 없어
수많은 길 방향 없이 떠돌 때에도
아프다 아프다 모르는 척,
너와 나의 집 사이 언제나 팽팽하게
긴장을 풀지 못하는 인연이란 게 있어서
때로는 축 늘어지고 싶어도
때로는 끊어버리고 싶어도 하지 못하는
감전된 사랑이란 게 있어서
네가 없어도 나는 전깃줄 끝의
저린 고통을 받아
오늘도 모르는 척,
밥을 끓이고 불을 밝힌다
가끔 새벽녘 바람이 불면 우우웅…
작은 울음소리 들리는 것도 같지만
그래도 인연은 모르는 척

구두 한 마리

일 년 넘게 신어온 구두가
입을 벌렸다 소가죽으로 만든
구두 한 마리 음메— 첫울음을 울었다
나를 태우고 묵묵히 걷던 일생이
무릎을 꺾고 나자 막혀버리는 길,
풀 한 줌 뜯을 수 없게 씌어놓은
부리망을 풀어주니 구두가
길을 잘근잘근 씹어댔다
돌멩이처럼 굳어버린 기억이
그 입에서 되새김질되고
소화되지 않은 슬픔은 가끔
바닥에 토해놓으면서 구두 한 마리
이승의 삶 지우고 있었다
바닥에서 닳아버린 시간을 따라
다시 걸어야 할 시린 발목,
내가 잡고 부리던 올가미를 놓자
소 한 마리 커다란 눈을 감으며
구두 속에서 살며시
빠져나가는 게 보였다

돌탑을 받치는 것

반야사 앞 냇가에 돌탑을 세운다
세상 반듯하기만 한 돌은 없어서
쌓으면서 탑은 자주 중심을 잃는다
모난 부분은 움푹한 부분에 맞추고
큰 것과 작은 것 순서를 맞추면서
쓰러지지 않게 틀을 잡아보아도
돌과 돌 사이 어쩔 수 없는 틈이
순간순간 탑신의 불안을 흔든다
이제 인연 하나 더 쌓는 일보다
사람과 사람 사이 벌어진 틈마다
잔돌 괴는 일이 중요함을 안다
중심은 사소한 마음들이 받칠 때
흔들리지 않는 탑으로 서는 것,
버리고만 싶던 내 몸도 살짝
저 빈틈에 끼워 넣고 보면
단단한 버팀목이 될 수 있을까
층층이 쌓인 돌탑에 멀리
풍경 소리가 날아와서 앉는다

열매 떨어진 자리

잠시 장마가 멈춘 골목에서 보았네
나무들 채 익지 않은 푸른 열매 떨어뜨리고
늙은 개처럼 빗물 털고 있었네
배꼽 불거진 감또개를 잃은 나무와
알도 차지 않은 석류를 놓친 나무가
암캐와 수캐처럼 서로를 향해
속으로 젖었는데 그 울음이
밟혀 뭉개진 열매처럼 마음에 걸려
한참을 막다른 골목이 되어버렸네
놓친 시간들을 떠올리듯
거기 멍하니 바라보는데 눈물을 닦고
두 나무가 나를 더 애처롭게 바라보네
떨어진 열매의 자리, 그 빈자리가
남은 열매를 키우는 힘이라고
자리를 양보한 둥근 꿈들이
남은 열매들의 몸 씨앗으로 박힐 거라고
푸른 잎으로 반짝 말을 던지네
나는 상처 입은 열매를 주워 들고서
그 어두운 골목을 얼른 빠져나오네

실 감는 여자

그녀 탯줄을 뽑아 실을 감는다
달의 배꼽에서 쏟아지는 빛줄기가
지구의 이쪽 편을 감고 있는 새벽
실올이 빠져나갈수록 쪼글쪼글
살갗에 실의 흔적 수놓는 여자
저 끊어질 듯 위태로운 골을 따라
달덩이처럼 새하얀 아이들이
세상에 걸어 나왔다, 그 아이들
밟고 온 길 바늘에 꿰어
무명천 같이 펄럭이는 시간 속에
때로 꽃으로 피기도 하고
때로 구름으로 흐르기도 하였다
그녀의 몸에 있던 무늬들
하나씩 거기 옮겨놓는 것이었다
이제 다 파먹은 초승달만큼
움푹, 둥글던 몸 내려앉은 여자
그래도 가느다란 실 끝에 또 하나
알처럼 둥근 달 키워가는 여자

세다리물고기

몬트레 협곡 수심 1500M 바닥에
다리 셋 달린 물고기 산다
진화의 시간을 좇아
너도 나도 뭍으로 오르려 할 때
햇빛도 뚫지 못한 수만 겹의 물살
그 문들을 열고 들어와
스스로 갇힌 물고기 있다
시간의 낚싯줄도 더 이상은 짧아서
미끼를 내리지 못하는 곳,
그래도 부풀지 모를 욕망의 부레
수압으로 눌러놓고 걸으면
바닥의 맛은 이제 슬프지 않다
이따금 그곳에 내려앉기도 하는
무거웠던 삶의 시체를 뜯으며
가볍게 발을 옮기는 물고기,
세 개의 다리 삼발이 위에
제 몸을 얹혀놓고서
바닥을 요리하는 물고기 있다

어떤 노숙자

아파트 쓰레기장 한쪽에
사각형 반듯한 꿈을 꾸던 그가 있다
사고가 있었는지 회로판을 드러내놓고
브라운관은 산산이 깨져버려
채널을 돌려도 이제
어떤 삶의 잔상도 떠오르지 않으리라
한때 그
모두의 눈을 고정시킬 만큼
뛰어난 직조술을 자랑하지 않았던가
두 갈래 더듬이로 찾아낸
가닥가닥의 전파들을 끌어모아
수놓았던 허상들 앞에
나도 몇 날 며칠을 붙들린 적 있다
플러그가 손잡았을 빈 구멍은
이제 쓸쓸함에 감전되어 침묵하거나
다른 놈과 짜릿한 연애를 즐기겠지
버려진 일생은 먼지를 끌어다
제 속의 고요를 재우고 있다
모든 게 허상이었던 꿈이

내 속에서도 지지직,

혼선을 일으킨다

손을 타다

사람에게 길들여진 들개는,
발톱을 잃고도 두렵지 않은 고양이는,
가끔 꼬리뼈로부터 흘러오는
야생의 피에도 울지 않는다
머리를 쓰다듬는 저 손이 쥐고 있는
평화를 깨뜨리면 목숨이 철컥,
덫에 물린다는 것을 알고 있기에
머리를 내주고 꼬리를 내린다
손을 탄다는 것은
손바닥에 표시된 운명에 맞춰
자신의 생을 몰아가는 것,
영역 표시를 위해 묻어두었던
배설물의 냄새를 잊어가는 것,
그리하여 하늘로부터 받은
목숨의 할당량까지 모두 내어주는 것,
나의 머리를 쓰다듬고 있는 너는
대를 이어 뼈아픈 성욕일까
아니면 그저 불어가는 바람일까

굴껍질을 까세요

탱탱하게 잘 익은 놈을 골랐다면
이제 굴껍질을 까세요
거기 어머니들의 눈물 알갱이
몇 개 자루에 묶여 있을 거예요
투명한 자루는 뜯지 마시길
주루룩 눈물이 샐 수도 있죠
씹어도 질기기만 할 뿐
아무 맛도 없는 허물의 몸
눈물을 뺀 그녀의 실체는 자루였네요
달콤해질 때까지 기다리며
꽁꽁 묶여 있던,
껍질 벗기기 전부터 풍겨오던
향기도 한번 기억해두세요
묶여 있는 외로움은 날이 갈수록
더 진한 향기의 영혼을 만들어
살짝 몸을 벗어나기도 하죠
어머니 가끔 꿈속으로 찾아와
들고 온 자루에 내 발자국을 담네요

잘 자라 우리 아가

북아현동 비탈진 그의 집에 가면
아기 고양이 물어가 있다
사람에게 버려지고도 사람을 잘 따르는 물어,
처음 보는 나의 사타구니로 들어와
털을 비벼대던, 사람의 체온을 덮고
껌뻑 껌-뻑 무거운 눈 감던 고양이,
물어는 머리 쓰다듬던 나의 손길을
아직 털끝에 간직하는 듯하다
언젠가 속발톱에 제 가슴 할퀴더라도
지금은 사람의 체취로
입속 거미줄을 거둘 수밖에,
길들여진다는 건 허기 앞에 무릎 꿇는 것
심장박동을 버릴 수 없는 아기는
또 야옹, 야아옹 바짓가랑이를 문다
나의 어설픈 측은지심을 길들인다
그래, 잘 자라 우리 아가
눈꺼풀에 무겁게 놓인 물어의 짐을
잠시 내 손바닥에 옮겨주었다

붉게 익은 뼈

당신 무릉도원에서 온 사람,
잠시 복숭아 꽃잎 열고 나왔다가
비로 져버린 꽃잎 문도 못 찾고
언제나 마음 젖어 헤매는 사람,
이제 늘어가는 주름과
물러터진 깊은 상처도
당신 몸에 피어나는 꽃이라고
작은 바람에 흔들리는 사람,
바람을 타고 다니며
꽃이 있던 허공을 두드리다가
스스로 바닥에 져버릴 사람,
그래도 아직 걸을 수 있다고
발목에 심어둔 복숭아 씨앗
단단하게 키우며
땅에 묻히면 그대로
한 그루 붉은 꽃이 될 사람

나방의 날개

눈 같은 비늘가루에 덮여 있는 날개
그 안의 심장 저리 고동치리라고
아무도 상상하지 못했다
낮에는 나무 둥치 그늘에 붙어
출렁이는 나이테의 맥박으로 꿈꾸고
어떠한 움직임도 없었으므로
그 심장 훨훨 타고 있다는 것을
누구도 눈치 채지 못했다
술 취한 노을이 비틀 산 넘을 때
꿈속 문 열고 나와 날개를 펴는
너는, 어둠에 진이 박힌 은둔자
몸의 그늘 다 태우고 나면
그때서야 날갯짓도 가벼워질까
밤마다 비늘가루 떼어 날리며
저 뜨거운 불 속으로 몸을 던지는
나방의 날갯짓, 때로는 절망이
근육을 움직이는 가장 큰 힘이니
오늘은 또 어디서 불빛 찾을까

발자국을 그냥 내버려둬요

발자국이 지워진다고
거기 앉아서
막대기로 자꾸 파내지마세요
그 무늬 한 점씩 떼어 나르는
바람의 등이 휘었잖아요

배관 속을 헤엄치던 한 무리 시인들

보일러배관속에송사리떼한무리풀어놓았지요 알에서갓
부화한싱싱한놈들 먹이는따로넣어주지않았어요 그래야몸
부림치면서뜨거워진비늘로물데울수있으니까요 잔인하다
고해도할수없어요 그러지않고는딱딱해진혈관에피가돌지
않거든요 한동안놈들의체온으로따뜻할거예요 가파른물고
기맥박이부딪치는곳마다뜨거운열꽃이필테니까요 하지만
부레에서뽑아올린공기로숨을쉬는놈들때문에호스에에어가
차기도하지요 송사리들죽어가고있다는뜻이예요 그럴때마
다물은갈아주어야해요 보일러아랫도리에달린수도꼭지를
틀면녹슨물고기떼쏟아져나와요 하나같이배가바짝말라있
지요 하수구에아가미가걸린물고기는이제어디로가야할까
요

물에게 속다

그것은 버릇이었습니다
일렬로 늘어선 화분에 물을 주다가
흙뿐인 화분 앞에서
목구멍 속까지 목이 마른 것,
거기 목울대처럼 동그란
초롱꽃 알뿌리가
묻힌 줄도 몰랐습니다
흙이 갈라지고 나면
마음에도 가뭄이 올 것 같아
자꾸만 자꾸만 물을 뿌렸습니다
며칠 지나 찬바람 찾아든 아침
물에게 속아 고개를 내민
뽀얀 새싹 하나,
벌들이 서둘러 날개를 접는
그 아침은 돋아나는 것들마다
눈물이 맺혀 있었습니다

양파야 싹을 올리지 마라

붉은 그물자루에 걸려 있는
양파야, 속이 매운 양파야
빗방울에 흙 비린내가
마른 껍질을 긁어대는 봄
바깥세상이 궁금하다고
정수리 푸른 안테나 뽑지 마라
몇 겹 몸속에 웅크리고 누워
꿈결에나 뿌리를 담가라
그물 속 팔딱팔딱 몸부림치는
네 호흡이 잠을 깨워도
모르는 척 버려두어라
아무리 길게 뿌리를 뻗어도
닿을 수 없는 땅,
여기는 고소공포가 사는 아파트
뜯어 먹을 건 네 몸뚱어리뿐
매운 눈물이 너를 삼켜도
양파야 싹을 올리지 마라

다큐멘터리

순례자는 카일라스 타루초에 갔다네
마나사로바와 락사스탈* 물줄기
번갈아 받아먹던 입술은 검게 탔다네

물구덩이 만나면 거기 몸을 심고
돌조각의 아픈 모서리는 몸에 박으면서
오체투지, 온몸 발이 되어 걸었다네
이리저리 숨어 다니던 두려움이
깨지고 깨져 피를 흘렸다네

타루초에는 배고픈 바람이 살고 있다네
오색의 혓바닥 날름대는 바람에게
순례자는 끌고 온 몸을 바쳤다네
바람은 순례의 몸을 맛있게 먹고
환생의 길 넌지시 알려준다 하네

나는 화면 속 바람의 말은 못 듣고 내려와
어떤 것도 살지 않는다는 락사스탈
호수에 빠진 나를 찾고 있었네
순간 사라진 화면 속으로 순례자들이

바람처럼 몸을 감췄네

• 카일라스(해발 6,714m) 밑에는 만년설이 녹아 이룬 호수 두 개가 나란히 놓여 있다. 한 호수는 생물이 살고 있는 맑은 물로 채워져 마나사로바 호수(선호善湖)라 하고, 다른 호수는 생물도 살지 않고 탁한 물로 채워져 있어 락사스탈 호수(악호惡湖)라 부른다.

제3부

못

이제 얼마 **못** 살겠네요 마음의 준비를 하세요, 울부짖던 어머니 앞에 의사는 침묵하였다 안 돼요, 안 돼요, 주먹으로 가슴 망치질하던 그녀, 살고 싶다는 아들의 말에 몇 번이고 제 관의 어둠 못질하던 그녀, 오늘 가을볕에 앉아서 가슴에 만든 무덤 풀을 뽑는다

쾅쾅쾅,
박아놓은
못
어느새 뿌리가 자랐는지
잡아당기면
툭,
끊기고 마는

안개에게 물린 자국이 없다

안개는 온몸이 입이었다
안개는 부드러운 턱뼈를 움직여
산 전체를 삼키려 했다
땅바닥에 붙은 내 발도 이미
안개의 이빨에 물린 상태였다
안개의 밥이 되어 걷는 길,
안개의 입안은 향기로웠다
먹이를 찾던 기억 곱씹으면서
나는 점점 축축한 짐승이 되었다
어두운 안개의 목구멍 속에
가부좌 틀고 앉아 있으면
사람의 껍데기를 다 벗고
온전한 짐승이 될 것 같았다
하지만 그 입구에 닿기도 전
하얀 혀로 쓰윽 핥아보더니
안개는 나를 뱉어버렸다
꽤액 꽤액 구역질을 하면서
순식간에 사라지고 없었다
몸에 이빨 지국도 남기지 않고

떠나버린 안개, 나는 주섬주섬
사람의 옷을 다시 입었다

버려진 손

공사장 인부가 벗어놓고 갔을
목장갑 한 켤레, 상처가 터진 자리
촘촘했던 올이 풀려 그 생은 헐겁다
붉은 손바닥 굳은살처럼 박혀 있던 고무도
햇살에 삭아 떨어지고 있는 오후,
터진 구멍 사이로 뭉툭한 손 있던
자리가 보인다 거기 이제 땀으로 찌든
체취만 누워 앉고 있으리라
그래도 장갑 두 손을 포개고서
각목의 거칠게 인 나무 비늘과
출렁이던 철근의 감촉 기억한다
제 허리 허물어 집 올리던 사람.
모래처럼 흩어지던 날들을 모아
한 장 벽돌 올리던 그 사람 떠올리며
목장갑 같은 헐거운 생을 부여잡는다
도로변에 버려진 손 한 켤레 있다
내가 손 놓았던 뜨거운 생이 거기
상한 손가락으로 나를 가리키고 있다

도무지

도모지塗貌紙,
얼굴에 종이를 발라 자살하는 방법이 있었단다
물 적신 창호지로 눈 코 입 귀 모두 막고
물기와 함께 생을 증발시켰던 것이다
이승의 마지막 문턱을 위해 얼굴 구멍마다
창호지 문을 달던 사람이여,
침 바른 손가락 조용히 속내를 뚫어보면
세상 업보 닫으려는 그대가
문 안에 가부좌로 앉아 있는 것이다

가만히 앉아 있던 나에게 다가와
얼굴에 한 겹씩 종이를 바르는 사람이 있다
날카로운 햇살도 통과하지 못하는 문 안에서
그래도 살아보려고 헐떡이면
그대의 웃음소리는 참으로 따뜻하다
열어보려고 안간힘을 써도
도무지 열리지 않는 문,
몇 개의 손톱을 부러뜨리고서도
또 다시 문을 굵게 하는 그대가 있다

수상한 냄새

베란다 창문 밖
화분 받침대 위에 상한 계란 몇 개
검은 비닐봉지에 싸두었는데
버리려고 보니 구더기들 수북하다
병아리의 죽음을 뜯어먹고 알에서 깬
그 말랑말랑한 몸, 흔적을 지우려는 듯
단단한 껍질까지 긁어대고 있는
꿈틀대는 저 욕망을 어디서 본 듯하다
유흥가 쓰레기 더미에서 풍겨오던
냄새로 가득한 비닐봉지, 지금 생각하면
내가 부화를 기다리던 곳도
저 상한 계란 껍질 속에 있었다
남의 날개 꺾어 가슴에 우겨넣으며
죄의식은 각질로 덮고 덮었다가
탈피를 기다리던 곳,
비닐봉지를 묶어버리러 가는 길
수상한 냄새는 자꾸 따라와
내 몸에 알을 슬어놓으려는 듯
구석구석을 뚫어대고 있다

악몽은 머리에 둥지를 틀었다

내 머리는 갓 태어난 새 한 마리 들어 사는 둥지,

이따금 부리 밖으로 나오는 울음소리는 어둠 속으로 들어가 실종되는 밤, 새의 붉은 맨살을 오도도 바람이 긁으며 지나갔지, 깃털 없는 새가 올라타기에는 바람이 너무 날카로웠지, 주둥이가 찢어지도록 벌려도 바싹 마른 벌레 하나 넣어주는 어미 새는 오지 않고 두려움만 내장 깊숙이 뿌리를 박았지, 새는 가위눌린 듯 깜빡이지도 않는 눈 억지로 감고 떠올렸지, 몸에 돋아나는 깃털을 뽑아 편지를 쓰는, 상상 속의 그 모습이 새에게는 유일한 꿈이었지, 하지만 꿈속에서도 깃털 끝의 피는 너무 쉽게 말랐지, 그때마다 문장은 끊기고 다시 깃털이 돋기까지는 너무 오랜 시간이 걸렸지, 그렇게 밤마다 한 문장의 마침표를 찍으며 새는 쓰러져갔지,

머리맡에 놓아둔 원고지 위에 아침이면 몇 가닥의 머리칼이 뽑혀 있었다.

한 켤레 운동화

저녁밥을 지으면서 어머니는
새하얗게 솔질한 운동화 부뚜막에 올려놓았다
그때부터 운동화는 가마솥의 귀처럼 붙어서
불과 물 사이에서 밥으로 태어나는 쌀알들
빨라지는 맥박 소리를 들었을 것이다
무쇠솥 뚜껑 사이를 비집고 흐르던
그 뜨거운 아우성 보았을 것이다
가끔은 너무 바짝 귀를 댔다가
부글부글 끓는 소리에 데기도 했던 운동화,
잠시 뜸을 들이며 쌀들 호흡을 정리할 때
젖은 몸 생의 열기로 말라가던 운동화,
사람의 하룻밤이 왜 따뜻했는지
사람의 허기가 어떻게 가라앉은 것인지
운동화는 모두 부뚜막에 앉아 들었던 것이다
나의 길 발 지문으로 새겨놓고
지금은 늙은 어머니처럼 구석에 버려진
어린 시절의 저 운동화 한 켤레

눈꽃에 앉은 나비를 보라

송이송이 눈은
체온 잃은 나비의 영혼,
세상의 가지들이
버릴 것은 다 꺾어 던지고
물관도 체관도 비운 날
나비는 서로의 날개를 겹쳐
꽃으로 달라붙는다

잡으려고 손을 대면
녹아버리는 저 얼음 날개,
나비가 사라질 때 빈 꽃대마다
동그랗게 맺히는 이슬
본 적 있는가

죽음에서 일어나 하품하는 봄
나비는 눈물의 기억으로
올라온 꽃대마다
울긋불긋 꽃을 만들 것이다

이 세상
죽음에 입 맞추지 않고
날개 펴는 나비를 알지 못한다

수족관의 겨울

수족관에 엎드린 광어들,
얼마나 낯설었을까 유리 밖으로
눈 내리는 거리 미끄러지는 사람들
실눈으로 훔쳐보다가
눈송이 몇 개 수면에 닿으면
촉수 끝에서 부르르 떠는 생의 갈망도
얼마나 새로웠을까
허기를 잊은 뱃가죽 밑으로
뜰채가 가만히 손바닥 벌리면
마지막까지 내어주기 싫었던
바다의 기억으로 펄떡이는 고기들,
가시로 만든 서까래 흔들리면서
비늘의 지붕까지 무너지는 소리
완공도 되기 전 주저앉은 몸이
미친 듯 부르짖으면
廣漁는 狂漁가 되고 말겠지
눈송이 내려앉을 때마다
죽음은 싱싱하게 살이 오르고
그 무게에 납작하게 깔려
고기들 가쁜 숨 몰아쉬고 있었다

거미줄로 쓰다

내 속의 거미줄 뽑아서 당신
써내려가던 날이 있었습니다
오래도록 되새김질을 해도
끊기지 않던 인연의 끈 엮어서
한밤 잠자리 옭아매는 그물을 짜냈지요
오래 뒤척이다 마루에 앉으면
처마 끝 매달아둔 거미줄에 걸려
몇 마리 날벌레가 식은 별처럼
파르르 떨다 숨결을 끄던 밤,
몸속에서 자를 수 없던 그 가닥들이
작은 단발마의 비명에 툭툭 끊기고
헤진 그물코를 다시 고치며
밤 지새우던 날이 있었습니다
폐가처럼 황량해지는 줄도 모르고
몸 구석구석 거미줄 치던 날들,
뒤돌아보니 나의 어린 그림자
돌돌 말린 채
거미줄 끝에 흔들리고 있습니다

명치에 치명적인 붉은 점이

불안은 늘 명치끝에서 왔다 갈비뼈와 갈비뼈 사이 덮개도 없이 놓여 있는 우물, 두레박이 닿을 때마다 사이렌의 파장이 물결쳤다 얄팍하게 쌓아놓은 우물의 내벽이 금방이라도 무너질 듯 위태로웠다 명치에 줄 내렸던 어머니는 부들부들 떨고 있는 물살의 그림자만 끌어올려놓고 더 목이 말랐다

그녀 떠난 자리에 서서 돌을 주워 우물에 던져 넣었다 구멍을 다 메워버리려, 모든 파장 돌무덤 속에 눌러놓으려, 첨벙 첨벙 돌을 던질 때마다 헉, 헉, 숨이 막혔다 급소를 맞추고서 돌은 입이 더 무거워졌다 첨벙, 물소리 속으로 가라앉은 침묵이 궁금해 우물 들여다보았을 때 아, 거기 깨진 얼굴로 피 흘리는 아버지의 그림자

집 나간 아버지의 명치에도 붉은 점이 있었다 가슴이 답답하다며 손바닥으로 자주 명치를 누르곤 했다

개미의 바느질

개미가 많은 집에 살았네
장판과 벽 사이
문턱과 바닥 사이
일렬로 늘어선 개미 행렬은
어머니 바늘을 뒤따르는 실처럼
개미 개미 개미 개미————
벌어진 사이를 꿰맸네
아껴야 잘사는 거여,
날마다 허리를 졸라매던 그녀도
한 마리 붉은 개미
그래도 허기를 벌리는 입은
쉽게 봉할 수 없었네
날마다 늘어나는 틈새를
독하게 기워내는 바늘,
녹슬 틈 없던 그녀의 믿음 아니었으면
벌써 무너졌을 그 집에서
나 그녀로부터
바람 하나 들지 않는
옷 한 벌 얻어 입고 살았네

계단이 없다

삐이걱
삐걱
  삐이걱
  삐걱
    삐이걱
    삐걱
      삐이걱
      삐걱

죽여 버릴 테야, 마음이 또 다시 살인을 했다, 아무도 모르는 지하실 철계단 타고 내려와, 딱딱한 어둠 위에 시체를 던졌는데, 쿵우우웅…… 바닥이 무거운 비명을 지르더니, 삭은 관절의 뼈처럼 계단이 무너져 내렸다, 이곳에서 유일하게 살아 나를 맞아주던 소리, 삐이걱 *삐걱*,,, 전에 쌓아둔 시체들이 계단 사이사이 소리를 빼먹은 모양이다, 순간 심장의 맥박도 빠르게 나를 빠져나가고 칼자루처럼 날이 선 마음 도마질을 시작한다, 아…… 이제 돌아갈 통로가 없다, 관절을 꺾어 소리를 모아도 만들어낼 수 없는 계단, 처얼컥, 바람이 입구의 철문을 닫고 소리도 없이 사라진다.

바다에는 썩은 물고기가 산다

언어는 물고기다
썩으면 지독한 비린내를 풍긴다

어떤 언어는 부레를 너무 부풀려 헤엄을 칠 수 없다, 수
면 밖에 떠 있는 흰 배를 끌고 물속에 들어갈 수가 없다, 그
렇다고 적당히 바람을 집어넣고 헤엄치는 언어가 자유로울
까, 언어는 동족을 잡아먹고 사는 경우가 많다, 대개 덩치
큰 놈이 이기지만 작은 놈끼리도 입을 맞추면 순식간에 큰
놈을 제압할 수 있다, 그래서 바다 속 언어 중 비늘 하나까
지 온전한 놈은 없다, 가끔 채식을 즐기는 언어도 있는데 그
놈이 뜯어 먹고 난 자리에는 어떤 풍경도 남지 않는다

침묵을 즐기는 언어는 심해로 간다, 놈들은 수압으로 입
을 다스리며 부레 속에 공기 대신 기름을 채운다, 여차하면
확 불을 지르고 생을 끝낼 참이다. 이런 언어들 중 詩라는 걸
쓰는 놈이 있는데, 시라는 게 썩은 물고기 살점을 받아먹으
며 만들어낸 것이라 기우뚱 바로 서기 힘들다

오늘 저 깊은 심해에서 물고기 한 마리 건져냈는데
역시 지독한 비린내를 풍긴다

구부러진 상처에게 듣다

삼성시장 골목 끝 지하도
너는 웅크리고 누워 있었지
장도리로 빼낸 못처럼
구부러진 등에
녹이 슬어도 가시지 않는
통증,을 소주와 섞어 마시며
중얼거리던 누더기 사내,
네가 박혀 있던 벽은
꽃무늬가 퍽 아름다웠다고 했지
뽑히면서 흠집을 냈지만
시들지 않던 꽃,
거기 향기를 심어주는 게
너의 평생 꿈이었다고
깨진 시멘트 벽처럼 웃을 때
머리카락 사이로 선명하게
찍혀 있던 망치 자국,
지하도는 네가 뽑힌 구멍처럼
시큼한 녹 냄새가 났지

헐렁헐렁

벗어놓은 양말은
영혼이 빠져나간 몸처럼
헐렁하지, 긴장을 버리고
구석에 아무렇게나 드러누운
너도, 영혼은 달나라에 보내놓고
세탁을 기다리는 너도
헐렁하지, 구멍이 난
발바닥을 가만히 기워주는
어머니를 만났는지
잠든 얼굴 빙그레 웃는
너의 밤은 헐렁하지
헐렁한 밤 발의 지문 속에서
세상의 길은 꿈틀대지
나갔던 영혼이 돌아와
다시 갈아 신을 발,
지금은 어둠의 소용돌이로
깨끗하게 세탁 중인 발

멸치의 표정

냉동실을 여는 순간
봉인된 채 몸이 굳은 한 무리의 시체들
내가 보아온 사람들의 어떤 죽음보다
더 아픈 얼굴로 무장한 멸치들
염이라도 해줘야 풀릴 것 같은
표정을 하나씩 손바닥에 올려놓는다

눈두덩보다 튀어나온 눈들이 모두 하얗다
시력을 잃고서야 비로소 어둠이 걷힌 눈,
저 눈이 바라보는 건
과거일까 미래일까

펄펄 끓는 가마솥을 마지막으로
저승으로 헤엄쳐 도망갔으니 너의 생은
뜨거웠을까 차가웠을까

몸속 가시마다 훑어내 대답을 찾아보아도
너의 침묵은 죽음보다 뻣뻣하다

다시 물로 끓여내야

몸에 숨겨둔 말 우려낼 것인가
늘 죽음이 궁금한 나는
멸치의 표정 하나씩 떼어
신문지 위에 한 무더기 무덤을 쌓는다

제4부

집 아닌 집 있다

집을 잘못 골라 든 게가 변을 당했다
파도횟집 접시에 올려진
소라를 빼먹으려고 보니
온몸에 화상을 입은 게 한 마리,
구멍 밖으로 내민 집게발에
찢긴 파도 한 자락 물려 있었다
단단한 믿음이었던 집이
소용돌이로 한 생을 삼킬 때 있다
억센 근육의 가장들 몇이 모여
빗더미 안주 삼아 술을 마시며
집 빠져나갈 계획을 짜고 있었다

거주자우선주차구역

직각의 선 안에 그는 쭈그리고 누워 있다 아직 시동을 끄지 못한 몸이 주차구역 선을 넘어 팔을 뻗는다 구멍 난 타이어처럼 헐거운 발은 힘겹게 바닥을 밀어내고 있다 부릉, 부르릉 공회전이 계속될 때마다 입에서는 연신 허튼 술 냄새, 풀리지 않는 단추가 목을 조이면 아직 연소가 덜 된 쓰린 말들이 철판의 얼굴까지 일그러뜨린다 그러면 때를 맞춰 비추고 있던 가로등 불이 꺼지고 길들은 꼬리를 마는 것이다 이제 그는 내장까지 긁어 길을 쏟아놓는다 입으로 들어가 똥구멍으로 이어졌던 길들은 가끔 목구멍에 걸린다 숨이 막힌다 막 집으로 들어가려던 그녀가 그에게 한마디를 내뱉는다, 남의 집 앞에서 뭐 하는 거예요! 더러워 죽겠네! …… 아, 여기 거주자우선주차구역이군요, 미안합니다, 당신은 그래도 저 사각의 방에 주차할 공간이 마련되어 있잖아요, 좀 봐줘요…… 사내는 길도 없이 다시 시동을 켠다

이태원에 산다

이슬람사원 첨탑에는
낮에도 초승달이 빛나지
간판 불빛들이 술 취해 잠든 아침
흰 옷 입은 사람들이
한 무리 양처럼 사원으로 들어가고 나면
나는 죽음만을 기억하는 화분에
지난밤 떨어진 별을 뿌리지
하수구에 처박혀 있을
지독한 사랑에 무심해지기 위해
사원의 초승달을 잠시 가져와
날을 갈고 또 갈지
간혹 푸른 눈 가진 여인의 언어처럼
알아듣지 못했던 너의 말들
언제고 내 뿌리에 닿아
생장점을 자극할 수 있을까
그때까지 썩지 않고 나 버틸 수 있을까
온몸에 잎마름병이 퍼지고 있는
이태원의 날들, 물을 마셔도
목마른 이국의 날들

서울이여, 안녕

거품으로 끓어오르는 한강쯤에는
나를 버려도 될 것 같다
강변에 앉아 소주 한 병 들이켜고
소주병 말고 나를 던져버리면 되는 일,
어차피 병 속의 술을 몸에 옮겼으니
내가 소주병 되어
뻐끔뻐끔 기포 토하며 가라앉을 수 있으리라
옥외 광고판들 감시등으로 켜놓고
아파트처럼 거대하게 서 있는 서울이여,
굳이 내 육신의 수몰처럼 사소한 일은
신문에 한 줄 글로 기록하지 마라
불량제품처럼 공장의 레일을 돌다
폐기처분되는 내 얼굴 앞에
푸른 연기의 향 피우지 마라
돈의 사슬에 묶여 끌려다니던 발목에
대신 무거운 돌 하나 달아둘 것이니
오히려 정신은 가벼워질 것이다
꾸불꾸불 어두운 골목 찾던 두개골 속 뇌는
물속에 풀려 이제 편안할 것이다
그래, 나의 자살 앞에

스텐드바 불빛처럼 춤을 추거라

즐거웠던 서울이여,

안녕

얼음계단

계단이 얼음을 품기 시작한 것은
첫눈 내린 그날부터였답니다
기억의 무게를 감지한 눈송이들이
사람들 발자국을 얼려 모아둔 것이지요
한낮에도 햇볕의 손길이 닿지 않는 곳,
발자국은 좀처럼 데울 길 없고
바람만 어루만지다 가는 그 화석을
계단은 스스로 몸에 박아 넣었던 것입니다
그 후 계단을 무사히 내려서려면
발자국을 읽는 꼼꼼한 눈길이 필요했지요
출근을 서두르던 발길이
무심히 화석을 지나치려 할 때마다
사고는 일어났습니다, 어떤 이는
엉덩이에 푸르고 시린 기억을 새겨야 했고
또 어떤 이는 금이 간 정강이뼈로
절뚝거리는 기억만 낳는 신세가 됐지요
오늘도 화석을 풀지 않는 얼음계단
당신은 허공을 잡고 조심조심 내려옵니다

이 가는 남자

혼자 누워 있는 잠 속으로
뿌드득뿌드득 소리 들려온다
저 남자 깨진 이 틈으로
찢어진 채 걸어 나오는 사람들,
그들이 꿈의 주인공이다
벽마다 그리움 도배해놓고
다시 돌아오지 않는 아버지
뒤늦게 손 내밀었을 때
그림자 쥐어주고 떠난 그녀가 있고
술로 하루하루 불덩이를 끄던
그가 한쪽에 버려져 있다
가끔 기억은 뿌드득 뿌드득
아버지 고무신을 씻기도 하고
뿌드득뿌드득 창문을 닦아
그녀 오는 길을 내보이기도 하지만
가장 환할 때 점멸해버린다
어둠 속에 이 가는 남자
그 소리만 날카롭게 빛난다

다큐멘터리 2
—모아이

배부른 산에서 모아이는 출산되었단다
산기슭에 모여 있던 부족들이 아기를 받아
바닷가로 옮기고 또 옮겼단다, 고립된 섬
내일을 잉태할 수 없었던 사람들은
돌도끼로 산의 닫혀 있던 질구膣口를 깨
아기를 꺼냈단다, 그럴 때마다 거대한 산통이
야자수의 푸른 머리채를 쥐어흔들고
날카로운 울음 조각은 사방의 바다를 덮었단다
그래도 돌처럼 굳은 사람들의 상상력은
씨족마다 모아이의 크기를 늘려가면서
결국 산의 아랫도리를 말려버렸단다
돌무더기 속에서 겨우 뿌리를 키우던
타로가 잎을 접고 나서야 부족들은
모아이의 몸 아래 깔린 미래를 깨달았단다
이제 섬에는 씨족끼리 서로를 사냥해
아그작아그작 뼈 씹어대는 소리만,
이스터 섬에 다시 배가 닿았을 때는
양수도 터뜨리지 못하고 돌이 된 사생아들
아무렇게나 널브러져 있었단다

다큐멘터리가 끝나고 창밖을 보면
남산 위에 눈을 깜빡이는 모아이 발밑에
서울이 납작하게 찌그러 들어 있을 거란다

버드나무 가든

버드나무는 그 집의 상표다
마당 귀퉁이에 붙어 있는 그것이
한때 유행을 탄 적이 있다
향수 불러일으키는 상표 하나로
주인은 도시에서 단단히 뿌리를 박고
제 가지를 넓히던 때 있었다
하지만 지금 대로변 소음밖에는
이야기 주고받을 상대가 없어
푸른 입술 먼지 가득한 나무,
때로 누렇게 시든 잎이
실어증처럼 져버리기도 한다
상표가 입을 다물어버리자
몇몇 단골마저 식성을 바꿨다
주인은 복고풍의 바람을 기다렸지만
시냇물 머리 감던 처녀로 올라와
늙은 창녀로 문 앞을 지키는 나무,
상표는 제 속의 썩은 구멍을 파내며
끈적이던 생을 떼어내고 있었다

나이테를 돈다

이백 년 가까이 몸의 중심에
푸른 향을 피워놓고서
한 번도 꺼뜨리지 않았던 나무,
비래사 마당 가운데 서 있는
향나무를 찾아갔었지
너의 나이테 따라 공전하는
별들의 안부가 궁금하여
네 주위를 돌고 돌았지
껍질 속 들여다볼 수 없어
답답하고 답답한 나는
스스로 껍질을 벗어야 했지
그러다가 썩은 알맹이
속을 들켜버렸지
그래도 향기 없는 사람
향나무는 푸른 가지를 펼쳐
부드럽게 안아주었지

서울쥐는 울었네

내 발소리에 놀라 천변 풀숲으로 숨는
쥐를 보고 왔는데요, 평화시장 광고판은
물속에서도 화려하게 반짝이고 있었는데요,
나와 쥐 사이처럼 사소한 경계심만 없다면
정말 평화로운 모습이었을 것 같은데요,
조명에 비친 물빛이 의심스럽고
물에 반사되는 조명의 눈초리가 의심스럽고
수상한 냄새를 맡은 형사처럼
훅, 바람이 물비린내를 쫓아 달리던
밤이었는데요, 줄줄 흘러내린 땀에 젖어
비 맞은 생쥐 꼴을 하고 돌아와 보니
풀숲에 숨은 줄 알았던 그 쥐 한 마리
가슴팍을 갉아대고 있는 거예요,
네가 쫓아온 아름다운 피리소리가
닿아있는 곳 여기 경계의 땅이었다고,
귀를 마비시켰던 노래가 끊기자
기억들이 차례로 절벽에서 몸을 던지네요

비의 뜨개질

너는 비를 가지고 뜨개질을 한다,
중간 중간 바람을 날실로 넣어 짠
비의 목도리가, 밤이 지나면
저 거리에 길게 펼쳐질 것이다,
엉킨 구름을 풀어 만들어내는
비의 가닥들은 너무나 차가워서
목도리를 두를 수 있는 사람
그리 흔하지 않다,
거리 귀퉁이에서 잠들었던 여자가
새벽녘 딱딱하게 굳은 몸에
그 목도리를 두르고 떠났다던가,
버려진 개들이 물어뜯어
올이 터진 목도리를 보았다던가,
가끔 소문이 들려오지만
확실한 건 없다,
비의 뜨개질이 시작되는 너의 손은
무척이나 따뜻하다는 것 말고,
빗줄기가 뜨거운 네 눈물이었다는 것 말고는

나의 생은 불안으로 삐걱거린다

문혜원(문학평론가)

첫 시집 제목인 '오동나무 안에 잠들다'에서 알 수 있듯이, 길상호 시의 특징은 주변의 것들에 대한 근본적인 애정과 이해로 설명되어왔다. 이번 시집에 실린 「버려진 손」 「열매 떨어진 자리」 「못」 같은 시들이 이에 속하는데, 이 시들은 기본적으로 세상에 대한 믿음과 이해를 근간으로 한다. 남은 열매를 키우기 위해 자리를 양보한 낙과落果(「열매 떨어진 자리」)나 죽은 아들을 가슴에 묻고 아들 무덤의 풀을 뽑는 어미(「못」)는 자신보다 자신 아닌 것들을 소중하게 생각하며 기꺼이 스스로를 희생하는 아름다운 존재들이다. 그들의 삶이 시인의 삶을 반성하게 하고 세상을 아름답게 한다. 예컨대 다음과 같은 시.

　　　제 허리 허물어 집 올리던 사람,
　　　모래처럼 흩어지던 날들을 모아

한 장 벽돌 올리던 그 사람 떠올리며

목장갑 같은 헐거운 생을 부여잡는다

도로변에 버려진 손 한 켤레 있다

내가 손 놓았던 뜨거운 생이 거기

상한 손가락으로 나를 가리키고 있다

—「버려진 손」 부분

　구멍이 뚫려 용도가 폐기된 목장갑은, 철근을 나르며 누
군가의 집을 지어 올리던 사람의 노동을 생각하면서 남은
생을 맞이하고 있다. 그것을 바라보면서 시인은 "내가 손
놓았던 뜨거운 생"을 반성한다. 다른 것을 위한 희생과 양
보의 미덕을 가진 것들의 삶에 비춘 자신의 삶의 반성이다.
시인의 선량함과 세상에 대한 애정을 동시에 보여주는 아
름다운 시이다.

　그는 세상을 살아가는 모범적인 방식이 어떤 것인지를 이
미 알고 있다. 그것은 열과 성을 다하고 나서 오직 기다리
는 것이다. '방부제로 무장하는' 따위의 가짜 정신으로는 아
무것도 얻을 수 없다. "생명이 온전히 호수에 들기 위해서
는 한 점의 뼈까지 다 녹여야"(「심해, 그리고 호수」) 하는 것이
다. 속을 다 비우는 것으로도 모자라서 "난간에 목을 매고
서야" 비로소 하나의 소리를 얻는 것이다(「風磬소리」). 나 아
닌 것들을 배려하고, 양보하고, 인내하는 것. 그것이 보편
적으로 아름다운 것으로 받아들여지는 삶의 방식이다. 시
란 지친 삶을 달래고 정화시켜주는 것이라는 생각에 충실한

모범답안이라고 할까.

그러나 이번 시집에서 모범답안에 가까운 세계관을 보여주는 시들은 많지 않다. 「돌탑을 받치는 것」이나 「차 한 잔」과 같이 정밀하고 조화로운 시 옆에는 「계단이 없다」처럼 불안과 感傷으로 흔들리는 시가 있다. 두드러지는 것은 오히려 후자와 같은, 음울한 불안의 흔적들이다. 그는 다른 사람의 이야기가 아닌, 자신의 삶의 태도와 모습을 객관적으로 냉정하게 바라보고 있다.

바라보는 시선에 잡힌 '나'의 모습은 부정적이다. '나'의 모습은 '상한 지느러미로 물살을 가르다 금방이라도 물 위로 떠오를 것 같은 불안한 생'(「물의 집을 허물 때」), '물을 떠나서 다리를 잃고 허연 소금 묻히고 녹슬어갈 일만 남은 길상호'(「길상鏡를 보았네」), '붉은 망에서 썩어갈 일만 남은 양파'(「양파야 싹을 올리지 마라」), '불량제품으로 공장의 레일을 돌다 폐기처분되는 얼굴'(「서울이여, 안녕」) 등으로 표현된다.

특히 시인으로서의 자화상은 보다 부정적이어서, 한 무리 송사리 떼 중 죽어서 버려지지도 않고 그렇다고 생생하게 살아있는 것도 아닌 "하수구에아가미가걸린물고기"(「배관 속을 헤엄치던 한 무리 시인들」), '지독한 비린내를 풍기는 썩은 언어'(「바다에는 썩은 물고기가 산다」)에 비교되고 있다. 이러한 표현은 자신만이 아니라 시를 쓰는 시인 전부에 대한 비판이자 경고장이다. 그는 시를 쓰는 일이 결국 자기들끼리 부딪치며 강한 놈만 살아남는 각축장에서 헤엄치는 것과 같다고 본다(「배관 속을 헤엄치던 한 무리 시인들」). 또한 자신의 시

쓰기를 "주둥이가 찢어지도록 벌려도 바싹 마른 벌레 하나 넣어주는 어미 새는 오지 않"아서 "몸에 돋아나는 깃털을 뽑아 편지를 쓰는"(『악몽은 머리에 둥지를 틀었다』) 것이라고 표현하고 있다. 이는 다른 시인들과의 영향 관계를 부정하는 오만함과 동시에 기댈 데 없음을 상징하는 것이다. 의지할 곳 없는 그의 시와 영혼은 불안에 떤다.

이번 시집에 즉해서 말한다면, 길상호 시의 가장 밑바닥에 깔려 있는 것은 뜻밖에도 생에 대한 부정이고 비관적인 시선이다. 다음 시의 섬뜩함을 보라

가만히 앉아 있던 나에게 다가와
얼굴에 한 겹씩 종이를 바르는 사람이 있다
날카로운 햇살도 통과하지 못하는 문 안에서
그래도 살아보려고 헐떡이면
그대의 웃음소리는 참으로 따뜻하다
열어보려고 안간힘을 써도
도무지 열리지 않는 문,
몇 개의 손톱을 부러뜨리고서도
또 다시 문을 굳게 하는 그대가 있다

—「도무지」 부분

나에게 다가와 얼굴에 종이를 한 겹씩 바르고 숨통을 조이면서, 다시 살고 싶도록 안간힘을 쓰게 하는 '그대'는 누구일까? 운명? 아니면 생? 나의 얼굴에 물 적신 창호지를 발

라놓고는, 헐떡이는 모양을 보며 그대가 내는 '따뜻한 웃음소리'는 얼마나 섬뜩하고 소름끼치는 것인지! 사람의 삶에 대한 생각은 "이승의 마지막 문턱을 위해 얼굴 구멍마다 창호지 문을 달던 사람"이라는 말에 집약되어 있다. 결국 죽음을 위해 매일을 살아가는 것을 알면서도 살아보려고 애써야 하는, 숨구멍을 서서히 조이는 창호지 안에서 손톱을 부러뜨리며 문을 긁어야 하는 것이 인간의 삶이란 것이다.

게다가 부조리한 삶을 살아가는 각각의 사람들은 서로를 이용하고 공격하며, 타자의 불행과 약점을 기회로 하여 자신의 이익을 도모한다. 구더기가 상한 계란을 뜯어먹으며 자라듯이, 사람들은 유흥가에서 자신의 고통을 방출하고 홀가분해지기를 바란다. '나' 역시 누군가에게 날을 겨누고 ("남의 날개 꺾어 가슴에 우겨넣으며/ 죄의식은 각질로 덮고 덮었다가/ 탈피를 기다리던 곳"), 동시에 누군가의 노림에 무방비로 노출되어 있는 곳("수상한 냄새는 자꾸 따라와/ 내 몸에 알을 슬어놓으려는 듯/ 구석구석을 훑어대고 있다"—「수상한 냄새」). 이처럼 살벌하고 날선 것들이 함께 있는 것이 삶이다.

가족이라든가 이웃, 사회는 선의를 가진 사람들이 서로를 위로하며 사는 곳이 아니라, 이기적인 개인들이 제각각 자신의 편의를 도모하는 현실적인 공간이다. 가장들은 혼자 집을 빠져나갈 궁리를 하고("억센 근육의 가장들 몇이 모여/ 빚더미 안주 삼아 술을 마시며/ 집 빠져나갈 계획을 짜고 있었다"—「집 아닌 집 있다」), 집으로 들어가려던 여자는 집 앞 주차구역에서 구토하는 술 취한 사내를 다른 곳으로 쫓아낸다("남의 집 앞에서 뭐 하는 거예요! 더러워 죽겠네!"—「거주자우선주차구역」).

이 같은 특징은 부분적으로 서울이라는 도시의 비인간적인 속성과 연결되기도 하지만(「서울쥐는 울었네」), 지역적인 특징이라기보다는 현재 우리 삶의 보편적인 양상에 가깝다. 부뚜막에서 운동화를 말려주시던 어머니가 만들어냈던 평화로운 세계(「한 켤레 운동화」)는 어디에도 존재하지 않는다. 현재 삶은 이러한 평화와 조화로움이 깨져버린 곳이다. 이 메마른 현실에서 '그녀'로 상징되는 갈구의 대상과 '나' 사이에는 관계가 형성되지 못하고, '그녀'는 결국 '나'를 황폐화시키는 거미줄이 되거나(「거미줄로 쓰다」) 명치를 쑤시는 치명적인 고통으로 남는다(「명치에 치명적인 붉은 점이」).

그뿐인가. 「버려진 손」이나 「열매 떨어진 자리」에서 보이는 희생과 봉사정신은, 사실상 번번이 세상에서 밀려난다. 「구부러진 상처에게 듣다」에 나오는 노숙자의 생이 그렇다.

네가 박혀 있던 벽은

꽃무늬가 퍽 아름다웠다고 했지

뽑히면서 흠집을 냈지만

시들지 않던 꽃,

거기 향기를 심어주는 게

너의 평생 꿈이었다고

깨진 시멘트벽처럼 웃을 때

머리카락 사이로 선명하게

찍혀 있던 망치 자국,

지하도는 네가 뽑힌 구멍처럼

시큼한 녹 냄새가 났지

　　　　—「구부러진 상처에게 듣다」 부분

　세상은 결코 시들지 않는, 저 혼자 아름다운 단단한 꽃무
늬 벽이고, 사람의 삶이란 거기에 지극정성으로 향기를 심
어가며 살다가, 뼛골 다 빠진 후에 뽑힌, 구부러진 녹슨 못
과 같은 것이다. 걷고 또 걸어 발바닥에 물집이 잡힐 만큼
걸었건만 한순간에 모든 것이 꺼져버리는 허망하고 잔인한
것(「물의 집을 허물 때」), 그것이 생이다.

　이 비관적인 인식은 저주받은 천재가 그려낸 몽환적인
감상이 아니라, 시인으로서 그리고 생활인으로서 살아가는
한 평범한 개인의 좌절과 우울을 담고 있다. 그런 만큼 화
려하지 않지만 과장되어 있지도 않다. 그는 생의 부조리를
알고 있지만 그것을 달관할 만큼 연륜이 쌓이지는 않은 삼
십 대의 불안함, 흔들림과 무방향성을 가감 없이 드러낸다.

　이러한 솔직성은 때로 거칠고 덜 다듬어진 시들을 만들
어낸다. 「악몽은 머리에 둥지를 틀었다」「계단이 없다」는 관
념적이고, 「안개에게 물린 자국이 없다」「실 감는 여자」「잘
자라 우리 아가」 등은 다른 시들에 비해 밀도가 떨어진다.
이는 시인의 진정성이 시의 질과 정비례하는 것은 아니라
는 점을 말해준다. 그럼에도 불구하고, 길상호는 잘 다듬
어진 시들을 고사苦辭하고 자신에게 해가 될 수도 있는 거
친 면들을 그대로 노출시키고 있다. 『오동나무 안에 잠들

다』의 자연친화적이며 평화로운 뉘앙스는 이번 시집을 읽는 동중에 깨진다. 시인은 잠들지 못하고, 불신과 부정을 품고 서성거린다.

통상적으로 두 번째 시집은 시인으로서의 성패를 결정하는 중요한 전환점을 이룬다. 습작기부터 등단하기까지 준비해온 시들을 첫 시집에 털어 넣고 다시 원점에 서는 시기이기 때문이다. 비로소 첫 발을 뗀 시인들에게, 다음 걸음은 당연히 두렵고 부담이 가게 마련이다. 첫 시집부터 화려한 스포트라이트를 받아온 시인들은 더욱 그렇다. 자신에게 쏟아진 기대와 찬사가 언제든지 비난과 냉대로 돌변할 수 있다는 것을 알기 때문이다.

길상호는 첫 시집인 『오동나무 안에 잠들다』로 현대시 동인상을 수상했고, 재능 있는 젊은 서정 시인으로 기대와 관심을 모아왔다. 그는 이 부담스러운 기대를 보기 좋게 배반하는 시집을 들고 나왔다. 이러한 뜻밖의 변화는 그의 시의 서정적인 아름다움을 기억하는 독자들의 기대를 배반한다. 그러나 그는 두 번째가 되는 이번 시집을 독자나 평론가의 입맛에 맞추려 하지 않고, 자신의 삶과 시 쓰기를 점검하고 도약하는 계기로 삼고 있다.

나에게는, 모범답안을 앵무새처럼 되풀이하는 것보다 자신의 불신과 고통을 그대로 드러내는 이번 시집이 더 흥미롭게 여겨진다. 설령 종국에는 똑같은 답안을 제시하게 되더라도 거기에 이르는 과정은 개인마다 고유한 것이고, 자신에게 고유한 고통과 방황의 과정을 보여주는 것이 한 시인의 진정성이며 개성이기 때문이다. 그런 면에서 불편하고 까칠한 이번 시집은 매력이 있다. 인생이 까칠한 면을 깎아내고 두루두루 매끈해지기를 강요하는 것이라면, 가능한 오래 까칠하기를 바라는 것도 의미 있는 일이 아닐까.